GUÍA DE LECTURA

Escrita por Ignacio Mayorga Alzate

Lazarillo de Tormes

Anónimo

Entiende fácilmente la literatura con

ResumenExpress.com

www.resumenexpress.com

ANÓNIMO

PRIMERA NOVELA PICARESCA

- **Nacido (probablemente) alrededor del siglo XVI en España**

Históricamente ha existido un debate entre la crítica especializada sobre el autor de *La vida de Lazarillo de Tormes y de sus fortunas y adversidades*. Aunque probablemente el interés del autor fuera, en un primer momento, que las desventuras del protagonista de su relato fueran tomadas como ciertas y escritas por su protagonista, ello no ha evitado que, en los casi cinco siglos desde que fue publicada, los estudiosos de la literatura hayan postulado al menos trece teorías sobre su composición.

La hipótesis más probable sobre quién lo escribió es la que dice que fue el monje jerónimo Fray Juan de Ortega. Sin embargo, hay quienes aseguran que fue producto del trabajo de un grupo de seis pícaros que la escribió en solo un par de días. Francis Lockier (1669-1740), atribuyó la composición de la novela a un grupo de obispos españoles que viajaba hacia el Concilio de Trento. A pesar de que hoy resulta casi imposible esclarecer quién fue su ingenioso autor, lo cierto es que quienquiera que ideó y escribió este libro lo hizo con una inteligencia y habilidad tales que lo convirtió en la obra fundacional de un nuevo género literario que, años después, pasaría a llamarse novela picaresca.

Dadas las referencias literarias e históricas de las que se vale y la profundidad de sus reflexiones filosóficas, el autor de *Lazarillo de Tormes* tiene que haber sido una persona letrada, familiarizada con el ámbito intelectual y con la tradición literaria de la que era heredera la España del siglo XVI.

LA VIDA DE LAZARILLO DE TORMES Y DE SUS FORTUNAS Y ADVERSIDADES

TEXTO INAUGURAL DE LA NOVELA PICARESCA

- **Género: novela picaresca**
- **Edición de referencia:** Anónimo. 2012. *Lazarillo de Tormes*. Bogotá: IDARTES
- **Primera edición:** 1554 (aunque es muy probable que haya sido publicada en ediciones anteriores, hoy desaparecidas, entre 1552 y 1553)
- **Temáticas:** pícaro, determinismo social, honra, crítica moral

En *Lazarillo de Tormes*, un pregonero que vive en Toledo llamado Lázaro cuenta en primera persona, con un estilo simple y divertido, cómo nació y de quién es hijo, cómo fue su crianza y a quiénes sirvió hasta terminar en el oficio que desempeña y casado con una criada del arcipreste de San Salvador. Así Lázaro, el protagonista, un chico originario de Salamanca que pasará por una serie de oficios y desventuras, busca dar respuesta a la pregunta de un remitente anónimo (a quien desde el principio del relato, en el que sería el prólogo, trata de «Vuestra Merced») sobre determinado episodio que en principio no es revelado.

¿Sabía que...?

La popularidad de la novela ha sido tal desde su publicación que el apodo del narrador terminó designando un trabajo específico. En efecto, a los perros o personas que sirven de guía a los invidentes se les llama «lazarillos», recordando la primera labor que desempeñó el supuesto natural de Salamanca.

LOS ORÍGENES DE LÁZARO

Esta novela es, en realidad, una larguísima carta (género muy famoso en la época de su publicación) que el supuesto autor envía a un corresponsal anónimo al que se refiere como «Vuestra Merced».

El libro está dividido en siete tratados en los que Lázaro González Pérez, un joven pregonero de origen muy humilde y sin honra nacido en el río que lo apoda, el Tormes de Salamanca, nos narra su vida. Desde muy temprana edad, nuestro «héroe» queda huérfano de padre, un molinero al que descubren robando y sentencian a muerte. Después de ello, su madre se amanceba con un negro, llamado Zaide, con quien tiene un mulato que acompañará a Lázaro hasta que su madre decida dejarlo bajo el cuidado de un ciego, quien será el primero de sus siete amos.

En medio de una serie de fortunas y dificultades, Lázaro evoluciona desde su ingenuidad primera hasta desarrollar un instinto de supervivencia, marcado por las trampas, los engaños y una serie de pequeños robos a sus patrones.

El joven comprende la maldad del mundo después de que su primer patrón le haga una broma, golpeándolo violentamente contra un toro de piedra. Metafóricamente, el toro lo embiste para que despierte y perciba la crueldad del mundo que lo rodea. Tras este episodio, Lázaro se valdrá de todo su ingenio para sobrevivir en su nueva y difícil realidad al cuidado del ciego, un sujeto ruin, manipulador y maltratador. De esta forma, inventa una serie de tácticas para burlarse del ciego y hacerse con su vino y su comida. Finalmente, cansado ya de la manera injusta y violenta con la que lo trata el invidente, le devuelve la broma inicial guiándolo adrede contra un pilar contra el que su patrón se estrella y queda descalabrado. Entonces, el joven narrador escapa.

Seguidamente, Lázaro empieza a servir a un tacaño clérigo de Maqueda, quien lo descubre pidiendo limosna. Debido a que el joven ha aprendido un par de cosas sobre el funcionamiento de los sermones a través de su anterior patrón, el clérigo lo acoge en su morada. Pero, si el ciego era tacaño con Lázaro, el clérigo lo es aún peor, de tal forma que el narrador se ve obligado a ingeniárselas de nuevo para procurarse algo de comer. Lázaro empieza a sisar de la despensa del tacaño servidor eclesiástico, engañándolo para que crea que se trata de ratones. Luego, cuando el clérigo se encuentra ante tal situación, dispone una serie de ratoneras para apresar a los supuestos ratones que están royendo su pan, pero Lázaro las evita y, de manera aún más descarada, se come también las cortezas de queso dispuestas para atraer a los roedores a su muerte.

El clérigo, entonces, se convence de que quien está hurtando sus viandas es una culebra y se hace con un garrote para darle muerte. Lázaro teme que su amo encuentre la llave del arca que ha robado, por lo que decide esconderla dentro de su boca mientras duerme, con tan mala suerte que una noche su boca silba accidentalmente con la llave y el clérigo le da un tremendo golpe con el garrote, creyendo que se trata de la víbora ladrona. Después de descubrir la farsa y sanar el rostro de Lázaro, el clérigo expulsa de su servicio al protagonista del relato, quien queda nuevamente a merced de la caridad ajena.

UN BUEN AMO

Tras unos días en los que vive de las personas que se compadecen por su aspecto, Lázaro da con un hidalgo en la ruina cuya única riqueza son sus heroicos recuerdos y la supuesta dignidad de su honra que, como nota rápidamente el joven narrador, no los ayudará a alimentarse. El lazarillo simpatiza con él y, aunque el pobre miliciano no tiene nada para darle, por lo menos lo trata con respeto y no lo maltrata como sus antiguos amos. Si bien es cierto que el hidalgo se vale de la simpatía que despierta en Lázaro para que este comparta con él los bienes que logra procurarse mendigando, lo cierto es que entre ambos se establece una relación amable en la que el amo comparte con su siervo las desventuras que ha sufrido y los tesoros que ha perdido en el pasado. Cuando se presentan los patrones de la casa que ambos habitan para cobrar el alquiler, el escudero se olvida de su honra de forma patética y, ante la amenaza de los dueños de la casa de meterlo en la cárcel, se da a la fuga, dejando a Lázaro de nuevo solo en el mundo.

Los siguientes tratados son, significativamente, más cortos. Tras abandonar su vida con el hidalgo, Lázaro empieza a servir a un fraile mercedario. Su nuevo amo es tan amante del mundo que a duras penas para en su convento, lo que obliga al joven narrador a caminar extensamente y a romper el único par de zapatos que le regalan. Lázaro no da muchos detalles de su estancia con el fraile, pero cuenta que lo deja pronto.

Luego, Lázaro refiere una estafa realizada por parte de un vendedor de bulas, que es su patrón del momento, en asociación con un alguacil. El narrador es testigo del timo en el que su patrón, el bulero, finge con el alguacil que este último está poseso por el diablo y es el amo de Lázaro quien supuestamente lo libera de esa presencia maligna. Luego, al ver que ambos hombres se burlan de su fraude, Lázaro deja a su quinto amo.

UN FINAL FELIZ

Por último, los dos tratados finales cuentan cómo Lázaro sirve a nuevos amos: un capellán, un maestro de hacer panderos y un alguacil. Tras constatar los peligros de este último empleo, y después de ser aguador por poco tiempo, Lázaro consigue el cargo de pregonero, labor que desempeña a la perfección y que le facilita el arcipreste de San Salvador, en Toledo.

Este último le ofrece una casa y le entrega a una de sus criadas como esposa, con la finalidad de disipar los rumores que se ciernen sobre su persona, pues es acusado de mantener una relación sexual con ella. Sin embargo, después de la boda, los rumores no desaparecen y el joven narrador de nuestra historia se convierte en el blanco de bromas por parte del pueblo.

Lázaro soporta los rumores de esta infidelidad con paciencia, después de toda una vida viendo de qué se trata la honra y entendiendo que la hipocresía encubre la supuesta dignidad de las personas. Ya que esto al menos le permite vivir, Lázaro termina su carta al receptor anónimo con un cínico alegato en contra de la moral española, que ridiculiza la literatura idealista que se producía en el siglo XVI. El joven afirma haber alcanzado la felicidad, aunque ello le haya costado su honra, haciendo oídos sordos a los rumores que juran que está casado con una mujer adúltera, concubina del arcipreste.

ESTUDIO DE LOS PERSONAJES

LÁZARO

Por la cronología que permite inferir la novela, el joven narrador no pasa de los veinticuatro o veinticinco años y ya ha vivido muchas desventuras debido a su origen humilde. Aunque su madre procuró criarlo de buen modo, cuando fue encomendado al ciego Lázaro no estaba preparado para las desventuras que sufriría en el mundo cruel que habitaba.

Muy pronto, pues, Lázaro despierta y se da cuenta de que en el mundo cruel que habita solo valen el ingenio y el engaño. Así, aprende rápidamente que la honra y el decoro no lo van a ayudar a sobrevivir y se convierte en pícaro.

Lázaro es consciente, además, de la hipócrita moral que rige las lógicas sociales de su cultura, en la que el pobre y el humilde se enfrentan a injusticias y maltratos, y hace una dura crítica de ello.

EL CIEGO

El primer amo de Lázaro es un ser vil, tacaño y tramposo que, valiéndose de su incapacidad, despierta la caridad ajena para recibir cuantiosas limosnas. Pero, si la gente es en extremo generosa con él, el ciego es igualmente egoísta con el resto del mundo en general y con Lázaro en particular. Hábil para el habla, el invidente consigue timar a los incautos y justificar los maltratos a los que somete a su joven guía y siervo.

EL CLÉRIGO

El segundo amo de Lázaro es aún más tacaño que el ciego. Fingiendo obrar conforme a la virtud humilde de los miembros de la Iglesia, el clérigo es glotón y avaro, y somete al narrador del relato al límite de la inanición, pues solo comparte con él los mendrugos de pan que cree que han roído los ratones. Este es el primer elemento que le sirve a Lázaro para dar cuenta de la inmoralidad con la que obran los miembros del clero, quienes se aprovechan de la fe en Dios para empacharse de riquezas materiales y cuantiosas viandas.

EL HIDALGO

El tercer amo es por quien Lázaro siente más simpatía. El antiguo escudero, que está en la ruina, se refugia en la retórica de la honra y la dignidad para no hacer nada y valerse de los ingenios de Lázaro para poder comer, pues cree que es indigno vivir de la caridad pública y aún más que la gente se percate de su estado penitente. Sin embargo, ante la amenaza del encarcelamiento por no pagar sus deudas, el escudero se da a la fuga, olvidando toda su supuesta honra, y deja solo a su siervo para enfrentar la pena.

CONSIDERACIONES FORMALES

GÉNERO

Novela picaresca

Para cuando se publicó *Lazarillo de Tormes*, no había nada similar en la literatura española. Por ello, se dice que la novela es el texto inaugural de la tradición de la novela picaresca. Dado que es la primera novela de esta clase, *Lazarillo de Tormes* sentó las bases y las dinámicas bajo las cuales funciona dicho tipo de relato. La novela picaresca surge como doble crítica de su tiempo:

1. Por un lado, denuncia las instituciones degradadas de la nueva España imperial (recordemos que recientemente el país había empezado una campaña de expansión hacia las tierras recién descubiertas de América).
2. Y, por el otro, critica, a través de la parodia y la sátira, el tipo de narraciones idealizadas del Renacimiento, como los libros de caballería, la novela sentimental o la novela pastoril.

En este sentido, la novela picaresca se presenta como una especie de respuesta irónica a los tiempos en los que se producen dichos relatos y al tipo de literatura que se realiza. Si en las novelas de caballería la honra del hidalgo lo llevaba a emprender importantes y heroicas hazañas, en *Lazarillo de Tormes* nos encontramos con un escudero empobrecido que evoca, con agria nostalgia, tiempos pasados y honrosos.

Este género sirvió para hacer una crítica a los estamentos bajo los que funcionaba una sociedad corrupta y en decadencia. Para ello, se valía de la ironía para denunciar la sordidez del momento histórico, desde la hipocresía clerical a la ingenuidad de los fieles, de la hidalguía empobrecida al cinismo de los débiles, denotando una sociedad corrupta hasta la médula. Solo en este mundo puede existir un «héroe» como Lázaro: en tiempos en los que la honra poco vale y las instituciones que se suponía que tenían que protegernos nos mienten y se enriquecen a costa de nuestros esfuerzos, el ingenio del pícaro es lo que le procurará la posibilidad de sobrevivir en un mundo injusto y ruin.

Valiéndose de la sátira, en este caso de las producciones literarias previas, el pícaro da cuenta de su recorrido vital. Frente a las novelas de caballería en las que se relataba un nacimiento heroico por parte del protagonista, novelas como *Lazarillo de Tormes* le quitan todo misticismo a este evento: el protagonista de nuestro relato es engendrado en unas condiciones precarias y anodinas. Quizás no está de más recordar que Lázaro comparte el lugar de nacimiento con el mayor héroe de las novelas de caballería españolas, Amadís de Gaula. Quizás este sea un guiño deliberado del autor para indicar un cambio de mentalidad literaria y, aunque se tratase de una relación fortuita, lo cierto es que al comparar ambos tipos de relatos se evidencia un giro en el pensamiento de la época.

¿Sabía que...?

La sátira es un género literario que expresa indignación

hacia una situación que el autor considera injusta y cuyo propósito principal es la burla o, en ocasiones, la enseñanza moralizante. Así, por medio de la ironía, el sarcasmo y la ridiculización, se ponen de manifiesto los vicios, abusos o incongruencias morales de un grupo particular de personas, normalmente de instituciones poderosas.

La epístola

Aunque hoy han caído en desuso, las narraciones en forma de cartas eran comunes para cuando se produjo *Lazarillo de Tormes*. Durante muchos años este tipo de relatos constituyó una forma común y de gran aceptación para los lectores de la época. Las llamadas *care messagiere* o *lettere volgari*, provenientes del intercambio cultural de España con Italia, se habían convertido en verdaderos superventas, a tal punto que incluso quienes carecían de una educación intelectual avanzada se animaban a escribirlas y a comprarlas.

Lázaro de Tormes es testigo y forma parte de la irresistible ascensión de este gusto particular. En un contexto como el descrito arriba, esta novela se entiende a la perfección. En primera instancia, la carta del pregonero tiene obvia justificación dentro de la lógica interna del relato: le ha sido encargada por un superior para que Lázaro pueda informarle del «caso» que ya otros han querido comentar con el narrador, el supuesto adulterio de su esposa con su patrón el arcipreste.

Por otra parte, dado que intelectuales y personas ordinarias estaban fascinadas por ese nuevo estilo de escritura, puede comprenderse que Lázaro no solo se limitara a contestar a «Su Merced» por el caso sino que se decidiera a comunicar a todos la respuesta, porque pensó que incluso él podía competir en el dominio de la epístola y, desde allí, podría labrarse un respeto intelectual:

> «Y todo va de esta manera; que, confesando yo no ser más santo que mis vecinos, de esta nonada que en este grosero estilo escribo no me pesará que hayan parte y se huelguen con ello todos los que en ella algún gusto hallaren, y vean que vive un hombre con tantas fortunas, peligros y adversidades» (Anónimo 2012, 16).

Este recurso de la arquitectura epistolar, en la España del siglo XVI, tenía la posibilidad de hacer aceptable que el *Lazarillo de Tormes* fuese una verdadera obra escrita por un verdadero pregonero, no producida por los intelectuales que luego presentaron varias hipótesis sobre la autoría del texto.

Los primeros lectores de *Lazarillo de Tormes* esperaban encontrar en el texto el relato auténtico escrito por un verdadero Lázaro de Tormes, ya que no estaban habituados a leer como ficción una obra de esta índole, inducidos por el carácter de confesión de la correspondencia —el diálogo privado entre los que participan del intercambio epistolar—. Los más leídos y hábiles sospechaban pronto: el admirable armatoste satírico los llevaba a pensar en una construcción artística antes que en el fiel trasunto de una vida.

Desde ese momento, prosiguió la lectura sagaz y estudiosa

de cientos de ojos, decididos a determinar si en algún lugar del texto se traicionaba la presunta realidad del relato con la cual se había escrito, supuestamente, la obra. Acabarían comprobando que, en rigor, cuando se interpretaba el texto al pie de la letra, nunca se traicionaba: todo sucedía *como si* fuera verdad, por más que el lector estuviera convencido de que no lo era. Después de este ejercicio, se descubría un género de ficción nuevo que se convertiría, eventualmente, en el núcleo sobre el que gravitaría la literatura europea de los siguientes tres siglos.

LENGUAJE

Como todo texto escrito hace casi cinco siglos, *Lazarillo de Tormes* presenta una dificultad primera en el sentido de que el lector contemporáneo no está familiarizado con los usos del lenguaje de ese momento. Aunque se ha actualizado la gramática de la novela conforme a la manera contemporánea de escribir las obras, hay una serie de expresiones y palabras que hoy por hoy no son comunes, como «¡lacerado de mí!» o «despachar».

Sin embargo, para cuando fue producido el texto, el lenguaje que empleaba era llano y sencillo para cualquier tipo de lector. De esta manera, el contenido resultaba extremadamente divertido para sus primeros lectores y quizás es esa la razón principal de su trascendencia y su amplia difusión y traducción en la Europa del siglo XVI.

Una vez el lector contemporáneo se familiariza con la manera en que está construido el relato, la lectura de *Lazarillo de Tormes* resulta ser un emocionante divertimiento a través de las dificultades que atraviesa el protagonista en su recorrido por el mundo. Además, el ingenio de sus tretas y las contestaciones mentales que le hace a sus antagonistas resultan graciosísimas a la luz del momento de su producción.

TEMÁTICAS Y CLAVES DE LECTURA

EL PÍCARO

Como se ha señalado anteriormente, el eje central de esta novela es la figura del pícaro. En contraposición al héroe virtuoso de las novelas de caballería, *Lazarillo de Tormes* presenta a un protagonista nacido en medio de la pobreza que tiene que velar por su supervivencia, sin que importen los métodos que esto requiera.

El pícaro despierta ante el mundo y se sabe en un lugar injusto y cruel, en el que solo el más sagaz sobrevive. Por eso, valores como la honra o la dignidad no tienen sentido, dado que el mundo es un lugar en el que estas normas no se aplican.

De esta manera, resulta por lo menos irónico y consecuente con el tono de la novela que sea el ciego quien desvele a Lázaro la realidad del mundo. Cuando el aparentemente débil e inválido amo del narrador golpea su cabeza contra un toro de piedra que, como se ha dicho, es una embestida metafórica a Lázaro para que reaccione ante la crueldad del mundo, el joven guía comprende que el mundo no es un lugar tan justo como pensaba:

> «—Necio, aprende, que el mozo del ciego un punto ha de saber más que el diablo. —Y río mucho la burla.
> Parecióme que en aquel instante desperté de la simpleza en que, como niño, dormido estaba. Dije entre mí: «Verdad dice éste, que me cumple avivar el ojo y avisar, pues solo soy, y pensar cómo me sepa valer» (Lazarillo 2012, 21).

Y, más adelante, le explica el ciego:

> «—Yo oro ni plata no te lo puedo dar, mas avisos para vivir muchos te mostraré. —Y fue así, que, después de Dios, éste me dio la vida y, siendo ciego, me alumbró y adestró en la carrera de vivir» (Lazarillo 2012, 21).

Desde entonces, el joven competirá en ingenio con sus amos y aprenderá que el mundo es un lugar difícil en el que quien sobrevive es el más sagaz y no el más noble. De esta manera, no tendrá ningún reparo en inventar toda una serie de ardides para beber el vino del ciego, sisar el pan del clérigo o mendigar en las calles y sustentarse a base de la caridad pública. Esto lo llevará, al final, a establecerse cómodamente, pagando solamente el precio de hacerse el ingenuo ante los rumores de adulterio que rodean el lecho que comparte con su esposa.

EL DETERMINISMO SOCIAL

A pesar de que el pícaro busca mejorar su condición, fracasa siempre y nunca dejará de ser un pícaro. La condición en la que nació no lo abandonará nunca. En un sistema de clases tan marcado como era la monarquía española, resultaba extremadamente difícil que Lázaro ascendiera socialmente. Por eso, la estructura de la novela picaresca queda, generalmente, abierta: las desventuras que acaecen en la vida del protagonista podrían sucederse indefinidamente, lo que sugiere que no hay una evolución posible que cambie dicha lógica.

Si bien *Lazarillo de Tormes* termina medianamente bien a la luz del relato transcurrido, lo cierto es que bien podría imaginarse un episodio posterior en el que Lázaro encontrase a la adúltera cometiendo su crimen y, por decreto del arcipreste para proteger su honra, se viera expulsado de Toledo. Este paradigma moral inamovible es al que apela Lázaro cínicamente para justificar sus propios errores y crímenes, y el que lo lleva a ganarse la simpatía de los lectores.

Cada vez que Lázaro busca mejorar sus condiciones, termina en un lugar más precario; es por ello que decide quedarse con el clérigo en primer lugar. Dentro de su lógica, si el segundo amo fue peor que el primero, el destino no podría sino depararle algo aún peor:

> «Escapé del trueno y di en el relámpago, porque era el ciego para con éste un Alexandre Magno, con ser la misma avaricia, como he contado. No digo más sino que toda la laceria del mundo estaba encerrada en éste: no sé si de su cosecha era o lo había anexado con el hábito de clerecía» (Lazarillo 2012, 36).

Ante esta realidad adversa, Lázaro no busca más consuelo que la estabilidad. No ambiciona la gloria ni quedar registrado para siempre en los anales de la historia, sino que se conforma con un mendrugo de pan, un lecho y una mujer. Quien no puede ambicionar más, no lo hace. Quizás por esto Lázaro acepta con resignación el último estadio en el que nos deja el relato: casado y empleado como pregonero en Toledo.

Si bien es cierto que su mujer es adúltera y que toda la narración se construye para desmentir dichos rumores, el punto central no es que su mujer sea la concubina del arcipreste ni que él esté intentando salvaguardar su honra, que poco le importa, sino proteger la poca estabilidad que ha logrado en su recorrido vital.

Al final del relato, Lázaro ha logrado un frágil equilibrio dentro de las lógicas de la clase a la que pertenece. Su único interés radica en estar tranquilo con la mujer que le ha tocado en suerte y a la que ama. A la luz de su narración anterior y frente a todas las vicisitudes que ha padecido, el joven de Salamanca ha encontrado en Toledo la paz que no le dio el ciego o el clérigo, el alimento que no le dio la honra del hidalgo y el consuelo femenino que en anteriores circunstancias no hubiera podido permitirse.

Por eso, al final, poco le importa al protagonista del relato si son o no ciertos los rumores. El texto, a pesar de que en teoría pretende limpiar su honra, deja traslucir la situación final en la que termina, con la derrota de la virtud a manos de la comodidad de estar tranquilo.

¿SABÍA QUE...?

Hubo dos novelas que continuaron la vida de Lázaro de Tormes. La primera versión, surgida en 1555 en Amberes también de manera anónima, convertía a Lázaro en un atún, que se casaba con un atún hembra y tenía hijos peces. Debido a su carácter alucinado y fantasioso, que se alejaba del realismo de la primera parte, esta novela no gozó del beneplácito de los lectores.

El segundo texto, publicado en 1620 y escrito por

Juan de Luna, se mantiene más cercano al estilo de la primera novela. Se dice que De Luna se enfureció tanto al leer la adaptación marítima de las desventuras de Lázaro que decidió escribir una mejor segunda parte. En este texto Lázaro riñe con su mujer y se va a la guerra y se vuelve a casar. Esta novela resulta en una deliberada crítica clerical, ya que De Luna es un autor protestante; sin embargo, la primera obra no se ensaña solamente con la Iglesia sino con todas las lógicas que rigen a la sociedad.

Asimismo, han existido otros Lazarillos, como el de Juan Cortés de Tolosa, *El Lazarillo de Manzanares* de 1617. Existió también en Londres *The life and death of young Lazarillo* que se publicó anónimamente en 1688. Además, se han publicado otras versiones: *El Lazarillo de Badalona,* publicado en Barcelona en 1742; *El Lazarillo del Duero* de 1898, por Joaquín del Barco; *El Lazarillo español* de 1911, por Ciro Bayo; y, finalmente, *Nuevas andanzas y desventuras de Lazarillo de Tormes* de Camilo José Cela, publicada en 1944. Esta última cierra las adaptaciones modernas de *Lazarillo de Tormes*.

LA HONRA

Uno de los temas centrales de la novela es la honra. En teoría, el texto está escrito para limpiar la del joven Lázaro, rodeado de rumores sobre el supuesto adulterio de su esposa. La honra, un valor caballeresco que era vital para los hidalgos, queda desvirtuada en un mundo mezquino y cruel.

El escudero, por ejemplo, muere de hambre tratando de preservar la honra que alcanzó en días pasados y quizás también esto quiere plasmar la mentalidad literaria que inaugura *Lazarillo de Tormes*: así como los días de la caballería y la honra han quedado atrás, también lo ha hecho la literatura que se ocupaba de narrar sus hazañas.

Lázaro renuncia desde el primer momento a su honra para poder desenvolverse en este mundo sin leyes y, aunque parece que busca salvarla al final del texto, realmente lo que le preocupa es preservar la comodidad conseguida. Este ideal queda desvirtuado por lo inútil que resulta en los tiempos de la narración. Dice Lázaro sobre su tercer amo, el empobrecido hidalgo:

> «Y ¿quién pensará que aquel gentil hombre se pasó ayer todo el día con aquel mendrugo de pan que su criado Lázaro trajo un día y una noche en el arca de su seno, do no se le podía pegar mucha limpieza, y hoy, lavándose las manos y cara, a falta de paño de manos se hacía servir de la halda del sayo? Nadie, por cierto, lo sospechará» (Lazarillo 2012, 62).

Al calificarla como negra honra, de hecho, Lázaro presenta una crítica de este valor, pues lleva hasta la inanición al único patrón que ha tenido el joven que lo ha tratado de buena manera y con el que se ha encariñado. Procurando cuidar su honra, el hidalgo vive en un mundo de apariencias en el que nadie puede enterarse de su estado penitente. Así pues, cuando hay hambre, la honra pasa a ser secundaria.

LA CRÍTICA MORAL

La sátira bajo la que funciona el texto sirve para denunciar y ridiculizar la pobre situación moral, ética y espiritual de los tiempos de esa España decadente. Esta herramienta funciona en dos niveles distintos: el primero es estilístico y el segundo de orden moral.

En primera instancia, *Lazarillo de Tormes* emula y ridiculiza las narrativas de las novelas de caballería, relatos que empezaban a perder significación a la luz de los nuevos tiempos que se vivían, en los que se corroboraba que los ideales caballerescos eran, precisamente, solo ideales. La honra, la dignidad, el valor y la gloria no tienen ningún sentido cuando se tiene hambre o se padece frío y Lázaro muestra que el hombre hará lo que sea para sobrevivir.

Sin embargo, el protagonista del relato no es un personaje amoral: criado de manera amorosa por su madre, el que realmente carece de estos criterios de conducta es el mundo. En este sentido, Lázaro solo se adapta a las lógicas bajo las que funciona el mundo. El ciego le enseña a desenvolverse tramposamente en un universo injusto y el clérigo tacaño le enseña a desconfiar del clero y sus supuestos valores de humildad y entrega. Así mismo, con el hidalgo aprende que la honra poco vale: el escudero prefiere sufrir hambre antes de permitir que lo vean mendigando y se rebaja al nivel de Lázaro para pedirle algo de los alimentos que ha logrado mendigar.

PISTAS PARA LA REFLEXIÓN

ALGUNAS PREGUNTAS PARA PROFUNDIZAR EN SU REFLEXIÓN...

- ¿Qué función cumple el prólogo de *Lazarillo de Tormes*?
- ¿Qué buscaba el autor haciendo pasar por cierta la vida de Lázaro?
- ¿Qué significa que por primera vez un texto se enfoque en un personaje pobre y tramposo como Lázaro?
- ¿Qué dice la treta del bulero y el alguacil sobre la percepción de la religión en el texto?
- En su opinión, ¿qué significa que sea un ciego el que le muestre a Lázaro cómo funciona el mundo?
- ¿Los robos de Lázaro a sus patrones son algo malo o necesario? ¿Cómo nos convence el narrador de eso?

PARA IR MÁS ALLÁ

EDICIÓN DE REFERENCIA

- Anónimo. 2012. *Lazarillo de Tormes*. Bogotá: IDARTES.

ESTUDIOS DE REFERENCIA

- Ayala, Francisco. 1972. "Formación del género 'novela picaresca'. El Lazarillo" *Los ensayos. Teoría y crítica literaria*. Madrid: Aguilar.
- Rico, Francisco. Introducción a *Lazarillo de Tormes* de Anónimo, XX-XX. Madrid: Cátedra, 2015.

LECTURAS RECOMENDADAS

- Ayala, Francisco. 1971. *El Lazarillo: reexaminado. Nuevo examen de algunos aspectos*. Madrid: Taurus.

www.resumenexpress.com

ISBN ebook: 9782806295033

ISBN papel: 9782806295040

Depósito legal: D/2017/12603/142

Cubierta: © Primento

Libro realizado por Primento, el socio digital de los editores